The Princess and the Frog
© LADYBIRD BOOKS LTD 1986
ISBN 0-7214-0766-8 (ed. original)

© LADYBIRD BOOKS LTD 1990
ISBN 0-7214-1410-9 (versión española)

Impreso en Inglaterra – Printed in England

LADYBIRD BOOKS

MIS CUENTOS FAVORITOS

La princesa
y el
sapo

Alhambra Longman

LA PRINCESA Y EL SAPO

Erase una vez un rey que tenía siete hijas muy bellas. Pero de todas ellas, la más bella era su hija menor.

La princesa tenía una pelota dorada y era su juguete favorito. Pasaba muchas horas lanzándola al aire y atrapándola de nuevo.

Cerca del castillo del rey había un inmenso y espeso bosque. Debajo de un enorme árbol, en las lindes del bosque, había un estanque profundo y oscuro.

Cuando hacía calor, era muy agradable reposar a la fresca sombra del árbol, junto al estanque. La princesa solía ir allí para jugar a solas con su pelota.

La joven princesa correteaba por la hierba que rodeaba el estanque, lanzando su dorada pelota al aire y atrapándola de nuevo.

Pero un día, cuando la princesa lanzó la pelota al aire, en vez de caer en sus manos, la pelota rebotó sobre la hierba y cayó en el estanque.

La princesa estaba muy triste de pensar que había perdido su hermosa pelota dorada, y se echó a llorar. Cuanto más pensaba en su juguete favorito, más fuertes eran sus sollozos.

De pronto oyó una voz que le decía:

– ¿Por qué lloras, princesita? ¿Qué sucede?

La princesa levantó la vista para ver quién se había dirigido a ella, pero no vio a nadie. Unicamente había un sapo, sentado al borde del estanque.

La princesa contestó:

– Lloro porque mi hermosa pelota dorada ha caído en el estanque.

—No llores más —dijo el sapo—. Yo te ayudaré a recuperar tu pelota. ¿Pero qué me darás si te la devuelvo?

—Te daré todo lo que me pidas —contestó la princesa—. Te daré mis vestidos, mis joyas y hasta mi corona de oro, si logras devolverme mi hermosa pelota dorada.

– No deseo tus vestidos ni tus joyas ni siquiera tu corona de oro – dijo el sapo.

– Deseo que me quieras. Deseo que me permitas ser tu amigo y jugar contigo. Deseo sentarme a tu lado en la mesa, comer de tu plato de oro y beber de tu copa dorada. Deseo dormir junto a tí en tu lecho.

– Si prometes concederme todo eso – prosiguió el sapo –, me zambulliré en el estanque y te devolveré tu pelota dorada. ¿Lo prometes?

La princesa creyó que lo que le pedía el sapo era absurdo. Por otra parte, ansiaba recuperar su pelota. Así que contestó:

– Sí, prometo concederte cuanto me pides si consigues devolverme mi pelota dorada.

Al oír esas palabras, el sapo se zambulló en el estanque.

Se sumergió hasta el fondo y al poco rato volvió a aparecer portando la pelota dorada en la boca. Luego, arrojó la pelota sobre la hierba.

La princesa estaba contentísima de haber recuperado su juguete favorito. La cogió y se puso a lanzarla al aire y atraparla una y otra vez, mientras reía de felicidad.

Luego se dio media vuelta y echó a correr por el bosque hacia el castillo de su padre.

– ¡Espérame! ¡Espérame! – gritaba el desventurado sapo –. ¡No puedo correr tan deprisa como tú!

Y siguió a la princesa dando brincos, intentando darle alcance. Pero la princesa no se volvió, sino que continuó corriendo.

Al día siguiente la princesita se hallaba cenando, sentada junto al rey, los cortesanos y las otras princesas. Mientras comía de su plato de oro, el sapo penetró en el amplio vestíbulo del castillo y subió dando brincos por la escalera de mármol.

Al llegar arriba, llamó a la puerta del comedor:

– ¡Princesita, abre la puerta! – suplicó el sapo.

La princesa corrió a abrir la puerta. Pero cuando vio al sapo se llevó tal susto, que cerró de un portazo y regresó a la mesa.

El rey, al ver a su hija tan asustada, preguntó:

– ¿Qué te pasa, hija mía? ¿Acaso era un gigante que pretendía raptarte?

— No, no, querido padre —contestó la princesa—. No era un gigante, sino un horrible y repugnante sapo.

— ¿Y qué quiere ese sapo de tí? —inquirió el rey.

Entonces la princesa relató a su padre lo sucedido en el bosque el día anterior.

– Le prometí que viviría conmigo – dijo la princesa –, pero nunca imaginé que llegaría hasta aquí.

De nuevo, sonaron unos golpes en la puerta y una voz que decía:

"Princesita, atiende mi ruego.
Recuerda que perdiste tu pelota dorada,
cuando jugabas sola junto al estanque.
Yo me zambullí en las frías aguas
para rescatar tu pelota.
Ahora debes cumplir lo prometido:
Llevarme a vivir contigo".

—Si haces una promesa, debes cumplirla
— dijo el rey a su hija —. Ve a abrir. la puerta.

La princesa obedeció y regresó a la mesa
seguida por el sapo, que iba dando brincos.

Cuando la princesa se sentó, el sapo le suplicó:

– Por favor, pónme sobre la mesa junto a tí.

La princesa vacilaba, pero el rey le ordenó que hiciera lo que le pedía el sapo.

Cuando colocó al sapo sobre la mesa, éste dijo a la princesa:

– Por favor, acércame tu plato de oro. Así podremos comer ambos del mismo plato.

La princesa obedeció, aunque a regañadientes. Apenas probó bocado, pues la comida se le atragantaba. En cambio, el sapo disfrutaba de cada bocado que comía.

Cuando el sapo terminó de comer, dijo a la princesa:

— Estoy cansado. Por favor, llévame a tu habitación y acuéstame en tu lecho junto a tí.

Al oír eso, la princesa rompió a llorar. Le repugnaba tocar aquel pequeño y frío sapo, y no soportaba la idea de tenerlo junto a ella en su lecho.

Pero el rey se enfadó y habló a su hija con firmeza:

– Cuando alguien te saca de un apuro, luego no puedes darle la espalda. Llévate al sapo a tu habitación.

Así que la princesa tuvo que coger al sapo y llevárselo a su habitación.

Lo dejó en un rincón de la habitación, alejado del lecho. Luego se acostó en su lecho de seda y volvió la espalda al sapo.

Pero el sapo insistió:

— Estoy cansado. Deseo dormir junto a tí en tus sábanas de seda. Por favor, acuéstame en tu lecho.

La princesa se echó otra vez a llorar.

– Si no me acuestas en tu lecho – dijo el sapo – , se lo contaré a tu padre, el rey.

La princesa sabía que no tenía más remedio que obedecer, pues su padre insistiría en que cumpliera su promesa. Así que, con lágrimas en las mejillas, cogió al sapo y lo acostó en la almohada de seda junto a ella.

Tan pronto como lo hizo, ¡el sapo se transformó en un apuesto príncipe! No sólo era apuesto, sino que tenía un rostro bondadoso y sonrió dulcemente a la asombrada princesa.

Le contó que una malvada bruja le había hechizado y se había convertido en un sapo. El hechizo sólo se rompería cuando una bella princesa se lo llevara a vivir con ella, para comer con ella y dormir a su lado.

El príncipe dijo a la princesa que la había visto muchas veces en el bosque, jugando con su pelota dorada, y que se había enamorado de ella.

– Querida princesa, ¿te casarás conmigo? – preguntó el príncipe.

La princesa miró su bondadoso rostro y aceptó.

Luego, cogidos de la mano, fueron a contarle al rey lo sucedido.

Al día siguiente partieron en una carroza tirada por seis caballos blancos hacia el reino del padre del príncipe. A su llegada, todos festejaron el regreso del príncipe después de su larga ausencia.

A los pocos días, el príncipe y la princesa se casaron y vivieron eternamente felices y dichosos.

La pelota dorada fue instalada en su palacio, en una urna de cristal sobre un cojín de color púrpura.